信頼

SHINRAI

Tatsukazu Hattori

服部達和 著

鉱脈文庫
ふみくら
36

目次

信頼

一、

高校生の真理《まり》と愛美《あみ》は、小学生の頃も、中学生の頃も、高校生になっても、ずっと一緒だった。お互いが親友であると、それぞれ自認している。

二人が妖精と出会ったのは、友人たちが裏山と呼んでいる高台から雑木林を抜けて広がる緑の大地でのことだった。

高校の同級生たちは、雑木林を下っていくと隣町だと言うのだが、二人が雑木林を抜けると、そこには緑の大地が広がっていた。そこで、二人は妖精と出会った。

妖精と出会ったことは、家族たちもクラスメートも信じてくれなかったし、友人たちは皆、雑木林を下っていくと、そこは隣町だと二人に伝えるのだった。

それでも真理と愛美は、三度目の妖精との再会の日を楽しみにしていた。一回目、二回目と同じような天気の良い休日がくるのを心待ちにしていた。

それほど期をおかずに、青空の美しい休日が訪れた。

前回と同じように弁当を持参し、二人は高台に立った。青空には、所々に小さく真っ白い雲が浮かんでいるが、ほぼ快晴だった。道路と鉄道が平行して走る街並みが眼下に広がり、近くに目をやると二人が通っている高校も見えた。ずっと遠くへと視線を移すと、キラキラと輝く真っ青な海が、遠く水平線まで続いていた。

真理が愛美に言った。

「今日妖精ちゃんに会えたら、三回目だから、再々会の出会いになるんだよね」

それを受けて、愛美が言った。

「まりちゃん、クラスのみんなが言うように、もし雑木林を下っていって、隣町に着いてしまったらどうする」

真理は愛美の発言に驚いた。

「何言っているのよ、あみちゃん。私たちは今までに二回も妖精ちゃんに会っているのよ。そして妖精ちゃんとも約束をして、また会うことになっているのよ。雑木林を下っていくなんて言わないでよ」

愛美も少し真理に圧倒されて反省した。さらに真理が言った。

「あみちゃんと私は親友であって、お互いに信頼しあっているじゃない。そして妖精ちゃんと出会って、妖精ちゃんとも信頼し合うようになったのよ。だから雑木林を通り抜けた緑の大地で、今日も妖精ちゃんと会うためにここに来ているのでしょう」

愛美は「そうね」と言って、雑木林の方へと体を向けた。愛美の動作に合わせて、真理も雑木林の方向に体を回転させた。

二人の背後には、高台から眺望できる青い空、青い海が美しく広がっている。二人の目の前には雑木林が迫っていて、その雑木林を抜けると「きっと緑の大地が広がっていて、その草原を走ると、今日も妖精ちゃんに会える」と二人は強く思い、雑木林へと足を踏み入れた。

二人は、前回、前々回と同じルートを進んでいった。高台よりも涼しく、木々のかぐわしい香りが漂っていた。木漏れ日からの光は、キラキラと優しかった。地面は平らではないので、常に足元には気をつけて歩かなくてはならなかった。木々の枝々がザワザワッと、二人の前進を邪魔したり、地面からはみ出した根っこの一部が二人をつんのめらせたりした。心を癒《い》やしてくれる、草や葉の緑の冷気がマイナスイオンを感じさせてくれるのか、二人に元気を与えていた。いろんな困難がありながらも、二人は少しずつ前進していった。

しばらく歩いた後、真理がしゃがみ込んで、「大丈夫、大丈夫、大丈夫だよ」と言っているので、愛美は自分に話しかけているのだろうと思って、「何が大丈夫なの？　まりちゃん」と言った。しかし、真理は地面の何かに向かって声をかけていた。それは小さな爬虫類だった。そして、今度は愛美に声をかけた。

「あみちゃん、この目を見て。可愛いから」

と言った。その爬虫類は小さな蛇の子どもだった。体長は短く、色は薄茶色をしていた。愛美はしゃがみ込んで、恐る恐るその子蛇の目を見た。小さく奇麗な目をしていた。

「本当だ。可愛い」

と愛美が言ったのを受けて、

「でしょう。そうなのよ。蛇の目はとっても可愛いのよ。蛇の体や動きだけを見て、多くの人が蛇を怖がるけど、実は、蛇の種類によっては、この目のように安全な蛇も多いんだから」

と、真理は少し誇らしげに言った。

「大丈夫、大丈夫、大丈夫だからね」

と声をかける真理の呼びかけが心地よいのか、子蛇は体は動かすのだが、逃げてはいかなかった。

二人はそっとその場から離れ、雑木林を進んで歩いた。雑木林を潜《くぐ》り抜けるのは大変だったが、そこを抜けると、二人の思いどおり、前方に緑の大地が広がっていた。

二、

二人は雑木林の同じ行程を歩いて、同じ通過地点に立っていた。目の前に広がっている緑の大地も全く同じだった。

「良かった。緑の大地が広がっていて、本当に良かった」

と言う愛美に対して、真理は、

「だから言ったでしょう。他の人たちが何と言おうとも、私たちは妖精ちゃんと心底から強く信頼し合っているのだから、今日だって必ず会えるのよ」

と強調した。

「今日会うのは三回目よね」

と言って、愛美は、二人が目標にしている地点を見つめた。そしてスタート体勢をとった。二人は同時に駆けだした。そして、同時にその目標地に到達した。

二人の上空から妖精の声がした。

「ようこそ、緑の大地へ。まりちゃん、あみちゃん、今日も来てくれたんだね。嬉しい」

真理と愛美は上空を見上げた。そこには、羽をホバリングさせながら、二人に微笑みかけている妖精が浮いていた。

「良かった。妖精ちゃんと今日も会えて、本当に嬉しい」

愛美に同調して、

「私も嬉しい」

と真理も言った。

二人が妖精と初めて会ったのは、中間テストが終わった次の休日だった。その時からまだ数週間しか経過していない。でも、二人は学校での授業でも家庭学習でも、それまでよりも熱心に勉強するようになっていた。それは、妖精と話したことによって、自然の大切さや、人類がどのような歴史を経過して現在の二一世紀になっているのかを理解することは、とても大切だと思うようになってきたからだった。

真理が言った。

「スポーツの世界では『心・技・体』と言うし、学校では『知育・徳育・体育』と言うけど、きっと、心も学力も体力もバランス良く成長させていくことが大切だと言っているのだと思うの」

愛美は、知育や学力は決して学校のテストの点数を上げることではないのではないかと思っていた。そして言った。

「私たちって何故《なぜ》勉強するのだろう」

それを受けて真理が言った。

「水泳は得意だけど、球技は苦手だという人もいるじゃない。トランペットが吹けるけど、ピアノは弾けないという人もいるじゃない。勉強だって、私のように英語や国語は好きだけど、数学や物理や化学は苦手な人たちも沢山いると思わない。でもね、私は何故だか、苦手教科も、しっかり勉強して分かるようになりたいのよ。きっと勉強することができる環境の中にいるから、本能的に多くのことを知りたいのじゃないかなあ」

「ということは、まりちゃんは、知ることは人間の本能だから、勉強するんだと言いたいのね」

と愛美は言って、次のように加えた。

「まりちゃんの言うように、苦手教科も勉強して多くのことを知るようになるのは、将来の選択肢を広げることになるんじゃない。幅広く勉強していると、将来、どんな仕事をするようになるのかの選択肢が広がっていくので、可能性が広がっていくのだと思うよ」

真理も愛美の意見に納得した。

「でも将来の就職だけでなく、もっと大きな何かを目標にして勉強するんじゃないかとも思うの。というのは、大人の人たちが学校を卒業した後でも、再び勉強するようになってきているらしいのよ」

と真理が言うので、妖精も二人の会話に参加して言った。

「二人が弁当を食べたら、そのことについて話しましょうか」

この日も、これまでの緑の大地での行程と同じような行動となった。裏山と呼ばれている高台に登り、眼下に広がる街並みや遠くの青い海、その上に広がる青い空を眺めた。そして背後の雑木林に足を踏み入れた。これまでと同じように苦労して、雑木林を通過した。雑木林を抜けると、二人の目の前には信じられないような広大な緑の大地が広がっていたのだった。

そこで二人は妖精と出会った。暫《しばら》く話して弁当を食べたのだから、この日も略《ほぼ》同じ行動パターンをとることになった。これは妖精が言うように、地球が約二四時間で自転し、地球の約二三・四度の傾斜軸を保って太陽を約三六五日で公転していくように、自然は一定の規則正しい動きをしている。人間も自然の中から誕生して現在の生活に辿《たど》り着いたのだから、やはり規則正しい生活を送るのが、自然の中の人間の生き方だということになるのだった。

真理と愛美は、この日も持参した弁当を二人で仲良く交換しあいながら食べていった。そして飲み物も、二種類を二分類して準備してきたので、より楽しく飲むことになった。

食事が終わり、容器をリュックに片付けると、二人は妖精と話しやすいように、草原に寝転んだ。草の香りがかぐわしく、心地よかった。愛美が言った。

「これまで、ここで妖精ちゃんと話したことをもう一度考え直してみると、何のために勉強するのかの参考になるような気がするんだけど」

愛美の発言を受けて、真理も同感だった。

「そうだよね。ここで妖精ちゃんといろんなことを経験したんだし、その中に大切な何かがあったように感じるわね」

二人は、これまでの妖精との話し合いを考え直してみた。

まず、地球の赤道地点での自転の速度は、音より速いことから始まり、次に、太陽を公転していく地球は、一日で約二五八万キロメートルの距離を移動している。

この距離は、時速三〇〇キロメートルで走る新幹線が、三五八日も走り続ける距離に相当する。その後、人間の宇宙科学の発展とその成果を知ることになった。旧ソビエト連邦やアメリカ合衆国は宇宙科学の先駆的開発国だったが、妖精が真理と愛美に提示したのは、なんと日本の宇宙科学の成果だった。

日本の小惑星探査機「はやぶさ2」が、小惑星リュウグウに着陸し、表面物質や地下物質を採取し、それを地球に持ち帰っている。科学者たちの研究によって、小惑星から地球に生命がもたらせられたと考えてもよいし、原始地球誕生の時から、生命の源が存在していたと考えてもよい。原始地球自体が無数の小惑星の衝突から成立したとも考えられるし、四六億年もの長い地球の歴史では、当然無数の小惑星が地球に衝突し続けているからである。大宇宙の中では、地球は太陽系の一つの惑星にすぎないが、実は全ての宇宙と関連しあって地球が存在しているのは確かなのだからだ。

宇宙科学は素晴らしい発展を続けているが、その礎は多くの科学者たちの弛《たゆ》まぬ努力の積み重ねの賜物《たまもの》だった。一六世紀の中頃、コペルニクスは地動説を唱えた。一六〇九年、ガリレオ・ガリレイは望遠鏡を設計製作し、天体観測を始めた。『星界の報告』で、月面の地形、太陽の黒点、金星の満ち欠け、木星の衛星、プレヤデス星団の群がり等について書いている。その後も『天文対話』や『新科学対話』等を発表して、地動説が正しいことを証明した。しかし、一六三三年の宗教裁判でガリレオ・ガリレイは地動説を撤回せざるをえなかった。それから約三五〇年が経過した一九八三年（昭和五八年）に、ローマカトリック教会教皇庁が、ガリレオ・ガリレイに、地動説が正しかったと謝罪した。これは、カトリック教会側が、太陽系では恒星太陽を中心に八つの惑星が公転していて、その中の一つの惑星が地球であると認めたことになる。

科学の発展では、世界中でたくさんの優秀な学者たちが努力を続けている。一六四二年誕生のニュートンは万有引力の法則を発見したといわれているが、ガリレオ・ガリレイの加速実験を適用して月の運動を研究し、万有引力の法則を発見したようである。物理学者のニュートンは数学者でもあり、微積分学の発見もしている。

「数学では、微分法とか積分法とかあるけど難しくて全く分からないね」と真理も愛美も口を揃えて言った。

蒸気によってポンプを動かせるようになったのが一八世紀の初めで、一七六九年にワットが蒸気機関を改良し、一八一四年にスティーヴンソンが蒸気機関車を製作し、一八二五年に実用化され、一八三〇年には旅客鉄道が開通している。木造の舟は古代から使用されていたが、蒸気で動く蒸気船は一八〇七年に製造されている。しかし、自動車は蒸気ではうまくいかず、石炭ガス燃料の内燃機関でも、ガスエンジンでも、液体燃料エンジンでもうまくいかなかった。一八八五年にドイツのダイムラーとベンツがガソリン自動車を開発した。

陸上と海上を機械の力で移動できるようになった人類は、次は空の制覇をめざした。グライダーは高地から低地へと滑降することができていた。次に気球が開発されて、空を飛んでいる。飛行船も開発され、一八五二年ジファールが飛行船での飛行を実行している。しかし、飛行船は大事故を起こすことも多かった。そのような空の飛行が続き、一九〇三年にライト兄弟が動力によって飛行機を飛ばすことに成功した。二〇世紀の飛行機の発展は、プロペラ機からジェット機へと進み、速度も飛躍的に伸びていった。

向上心といえるのか、飽くなき野望というのか、人類は地上だけでなく、宇宙にまで足を踏み出すことになった。一九五七年、ソビエト連邦が人工衛星スプートニク一号を打ち上げ、それに対しアメリカが一九五八年、エクスプローラー一号を成功させた。そして遂《つい》にソビエト連邦が、ガガーリン少佐を乗せた人工衛星で地球圏外へ出て、宇宙空間を飛行したのだった。アメリカもスペースシャトルで宇宙へと人を送っていくのだが、ロケットを発射させた後、爆発してしまい、シャトル乗組員全員が死亡した事故もあった。しかし、宇宙開発でもアメリカはソビエトに負けられないのか、アポロ一一号で、アームストロング船長のチームが月面着陸に成功している。その後、ヨーロッパでも日本でも中国でも、次から次に地球圏外へとロケットを打ち上げ続けている。

愛美が言った。

「今では、地球を取り巻く宇宙空間には、人工物の破壊塵《ごみ》でいっぱいなんでしょう」

真理も愛美に同調して言った。

「そうよ、地球の周りの宇宙空間には人工の塵が高速度で回っているから、人工衛星等にぶつかったら大変よ。人間って、地上も塵でいっぱいにしちゃってるでしょう。海だってマイクロプラスチックがいっぱいで、鯨やイルカや魚もプラスチックで汚染されているんだよね」

愛美が少し深刻な表情で言った。

「仏教が約二五〇〇年前に誕生して、キリスト教が約二〇〇〇年前に誕生したんだったよね。人間はどのように生きていくのが幸せなのかを考えて、多くの人々の心の支えになっていたと思うの。その後も長い間、人間は自然と共に生活していたのよね。でも、人間の脳は他の動物たちよりも優れているので、科学を発展進歩させ続けているのだけど、人間にとって何が幸せなのかを取り違えてしまっているような気がするの。私は心で幸せを感じるのが大切だと思うんだけど、人間全体では、物の豊かさが人間の幸せなのだと思われているような気がするの。というのは、科学が進んだことで、物質的に非常に豊かな世の中になっていると思うの。それなのに二一世紀になっても人間は戦争をしているのよ。個人的な喧嘩もしている。世の中では、詐欺もあるし多くの犯罪も続いているじゃない。詐欺をする人は、お金を持っていることがその人の幸せだと勘違いしているんじゃないのかな？」

愛美に合わせて、真理も同調して言った。

「そうよね。その人が何に幸せを感じるのかによって、求めていくものが違うんでしょうね。私はあみちゃんと仲良しだし、妖精ちゃんと出会って、強力な援助者というか、保護的仲間というか、なんだろう、うまく表現できないけど、大好きな妖精ちゃんだから、話し合った内容からいっても、勉強することは大切だと思うの」

頷《うなず》きながら、愛美が言った。

「まりちゃんと私にとって、妖精ちゃんってとっても大切な存在だものね。妖精ちゃんと話したことをもっと考えてみたいね」

人類が科学を発展させ、地球圏外にまで人間の行動範囲を広げてきているが、真理と愛美は、地球の中や人間の中に、大切な何かがあるのではないかと思っていた。

三、

「私たちは地表で生活しているから、地球の内部は見えないよね」

と愛美が言ったので、

「そうよね。地球の内部って見えないんだけど、妖精ちゃんから教えてもらったことによると、ものすごかったよね。そして、人間の体の中だって、理科では勉強したけど、やはりものすごいんだよね」

と真理が言った。

二人は地球の内部や人間の体の内部についても、妖精と話したことを、再確認していくことにした。

約四六億年前、原始地球はドロドロのマグマによる火の塊《かたまり》だった。約六億年もかかって地球は冷えていき、地表に海が誕生していった。その後、約二億年かかって海の中に、微生物が誕生し、海の中で原始植物や原始動物が誕生して進化していった。海の微生物や動植物は進化を続けながら、海から陸上へと上がり、陸上でも進化をし続けていった。

真理と愛美は、約四六億年もかかって、燃えたぎっていた原始地球が現在の地球になっていくのに、地球の内部がどのようになっていったのかも、再確認してみた。

「太陽の表面温度が約六〇〇〇度だと思うけど、地球の中心の温度も約六〇〇〇度なんだよね。何か不思議だね」

と愛美が言った。

「そうよね。太陽系の中の惑星で地球は特殊だし、衛星の月との関係も特殊だし、太陽と地球の距離が約一億五〇〇〇万キロメートルであることが、地球で生物が生きていける最適の距離であるし、地球の中心温度が、太陽の表面温度と略《ほぼ》同じというのも、何か宇宙のエネルギーとの関連性があるような気がするね。人間が地球上で生きていけるのは、特別に恵まれた環境なのに、そんな地球で人間が地球環境を悪くするのは、何かおかしいよね」

と真理も愛美に同調した。

原始地球が冷えていく中で、鉄やニッケル等の重い金属は地球の中心へと沈んでいき核となった。中心部の内核は金属の個体で約六〇〇〇度もあるので、地上で生活している人間にとっては想像もできない。内核を囲んでいるのが外核で、液体金属となっていて、温度も五〇〇〇度から三〇〇〇度へと下がっていく。気圧は内核で約四〇〇万気圧もあり、外核でも約一四〇万気圧以上もある。外核の周りが下部マントルで、深さが約二九〇〇キロメートルもあり、対流運動を行っている。その周りが上部マントルで、深さが約六七〇キロメートルくらいまでとなっている。上部マントルも対流運動を行っているが、マントル内でも核に近いマントルは温度が高くなるので、上部へと上昇していく。上部のマントルは温度が低くなるので、逆に下部へと沈んでいくという流れとなっている。つまり、地球の内部は動いているらしいのだが、地上の人間には何も感じられない。上部マントルの周りには、モホロビチッチの不連続面といわれる密度が急に変わる面がある。その周りが下部地殻、その上が上部地殻となっている。

　地殻は大陸地殻と海洋地殻とに分かれている。大陸地殻は平均約三五キロメートルで、下部が主に玄武岩質岩石で、上部が主に花崗《かこう》岩質岩石となっている。海洋地殻は主に玄武岩質層で、その上部には薄い堆積《たいせき》岩等で覆われている。この地殻は常に変動している。地上の人間には、地震や津波や火山活動等で、地殻の変動が感じられるが、地球内部の変動は、人間の想像を遥《はる》かに超えている。約四六億年前のドロドロのマグマオーシャンだった原始地球から四六億年も変動し続けている地球なのだから、地球の内部も表面も、ずっと変化していることになる。地中のマグマは、下部地殻、上部地殻を上っていき、マグマ溜りを作って地表へ向かっていく部分がある。世界中に火山帯はあるが、日本周辺では、千島火山帯、東日本火山帯、西日本火山帯等がある。

日本は活火山も多いが、地震の多い国でもある。世界を見ても、火山帯となっている地域が地震発生も多いような分布となっている。プレートは世界中にあり、大陸地殻と海洋地殻すべてに関連している。プレートが相対運動をしていて、地震や火山などの著しい地殻変動はプレートの動きが原因のようである。日本周辺のプレートは、北アメリカプレート、太平洋プレート、フィリピン海プレート、ユーラシアプレートがあり、大地震の原因となっている。西暦二〇一一年三月一一日の東日本大震災は、太平洋の日本海溝と伊豆小笠原海溝側の太平洋プレートが、東日本にまで伸びている北アメリカプレートに沈み込んで、その反発運動によって発生したようである。次は、西日本にまで伸びているユーラシアプレートに、太平洋の南西諸島海溝側のフィリピン海プレートが沈み込んでいくので、その反発運動で南海トラフ大震災が発生するのではないかと心配されている。

「地球は生きているんだね」

愛美がしみじみと言った。

真理は少し驚いたが、

「そうか、原始地球が誕生してから現在まで、ずっと活動しているんだから、やっぱり生きてるんでしょうね。でも、生物が生きているのとは違うよね。地球から微生物も植物も動物も誕生してきているのだから、地球は命の源よね」

と言ったので、愛美はそれを受けて言った。

「命の源でもあるということは、地球は生物の母親なんだね。先ほど、地球は生きていると言ったけど、地球が汚染されて温暖化しているということは、きっと地球が病気になっているんじゃない」

「そうね。地球が病気になっているんだったら、人類が地球の汚染や温暖化を、より良い方向に解決しなくちゃいけないよね」

と真理が言ったので、妖精も二人の話に聞き入っていた。

妖精の上空の青空の雲を見ていた愛美が言った。

「まりちゃん、雲なんだけど、上の雲は少しゆっくり左方向に動いているけど、その下の薄い雲は逆に右方向に動いているよ」

愛美に促されて、真理も雲に目をやった。

「本当だ。上の雲に比べると、下の薄い雲が早く右へ向かっている。どうしてなの、妖精ちゃん」

と真理は妖精に聞いた。

「上空では、気流は同じではないので、雲の流れが逆になることもあるのよ」

と妖精は答えた。

気流は上空と下空とでは、流れが違うことはよくある。水平方向の流れもあるし、上昇したり、下降したりする気流もある。気圧も高気圧になったり、低気圧になったりと変化する。気候も世界中で、北極や南極に近い地域と赤道に近い地域とでは全く違っている。気温も地域によっても、日時によっても変化していく。地球温暖化が進むと、気候の変化が激しくなっていくので、生活がし難《にく》くなっていく。

地球の大気は、高度約一〇〇キロメートルといわれている。三〇キロメートルから四〇キロメートル位にオゾン層があり、太陽光からの紫外線を吸収している。

大気中での自然災害では台風がある。日本での気候の特色は、冬には日本海側から北西の季節風が吹いてくる。夏には太平洋側から南東の季節風となる。しかし、最近は地球温暖化のためか、日本の気候に変化が起きている。気候の変化が激しくなっている。気温の高い日があったかと思うと、気温の低い日になったりする。豪雨も多くなり、台風も威力を増している。太平洋の赤道付近で熱帯（性）低気圧が発生する。中心付近の風速が秒速一七・二メートル以上となると台風といわれる。台風の中心では強い下降気流となり、外から垂直方向に発達した積乱雲が分布して、上昇気流が生じる。最近では勢力の強い台風が、数多く日本列島に上陸するようになったといわれている。

台風の説明をしていた妖精が、自然の摂理について、真理と愛美に聞いた。

「まりちゃん、あみちゃん、自然の摂理ってどんなことだと思う？」

真理が言った。

「自然って、人間が造った人工的なものではなく、人間社会より以前から、ずっと地球上にあり続けている天地万物だと思うの」

天地万物と真理が言ったので、それを受けて愛美が言った。

「天地万物っていうと、森羅万象という熟語と近い意味だよね。その摂理ということだから、自然の全てを治めているっていうことなのかなあ」

「治めるって、仏教では法《のり》とも言えるのじゃないの。性質や状態とも考えられるし、道理とも正義とも考えられるよね」

と真理が言ったので、

「大ざっぱに言うと、自然の成り立ちってことじゃないかなあ」

と愛美が言った。真理も愛美も、どのように正確に表現するのかは難しいと思った。

妖精が言った。

「自然の恵みは本当に大きいけど、逆に自然災害だって、人間の力を遥《はる》かに超えているので、もっと世界全体で考えた方がいいんじゃないかしら」

一九二三年九月一日に関東大震災が発生している。一九九五年一月一七日には阪神淡路大震災が発生している。二〇一一年三月一一日の東日本大震災では、地震だけでなく、津波まで発生してしまった。太平洋での地震だったので津波が発生したのだが、その威力の大きさには震撼《しんかん》させられた。その後、熊本大震災や石川能登半島大震災が発生している。

今後、西日本で、東日本大震災に匹敵するような南海トラフ大震災が心配されている。海での地震では、津波が発生する場合もある。津波では、三陸海岸や宮城、福島、茨城の海岸で被害を受けたが、福島の原子力発電所の放射能汚染には、人間には解決できない未来への不安が残されている。原子力発電では、核の分裂なので、放射能が発生する。しかし、太陽では核融合でエネルギーを発しているので、放射能は発生していない。

確かに自然災害は、地上で生活する動植物に膨大な被害をもたらす。しかし、それと共に、自然は植物の生長や動物の成長に大きな恵みを与えてくれる。

妖精が言った。

「地球の内部もすごいけど、人間の内部もすごかったよね」

愛美も答えた。

「体内の構造も学んだと思うよ」

真理も言った。

「人工知能って、人間の脳を参考にしたんでしょうけど、人間を超えているみたい」

「じゃあ、もう一度、人間の内部も考えてみましょうか」

と妖精が言った。

体の表面は、頭部、頸《けい》部、胸部、腹部、上肢、下肢と区別される。内面は、骨格、関節、筋肉、節、循環器、血管、リンパ等と区別される。食べ物は消化器で消化吸収され、空気は呼吸器で吸収され排出される。飲食物は胃腸で栄養素が吸収された後、肛門や泌尿器から排出される。生殖器も大切な働きをする。内分泌系、中枢神経系、末梢神経系、自律神経系、皮膚等も巧妙に構成されている。

食べ物を口で咀嚼《そしゃく》する。健康的な歯でよく噛《か》むことは大切だし、歯は体全体にも影響を及ぼすといわれている。唾液《だえき》で消化を助ける。食べ物は喉《のど》と食道を通って胃へ運ばれる。胃液が蛋白質《たんぱくしつ》を分解する。肝臓から胆汁が分泌され、胆嚢《たんのう》に蓄えられ、食事をすると腸に送り出される。膵臓《すいぞう》で膵液が作られ十二指腸に分泌される。

肝臓にはいろいろな働きがあって、胆汁は脂肪の消化を助ける。糖や蛋白質や脂質やビタミンやホルモンの代謝、血漿《けっしょう》蛋白質の合成、解毒等もする。多量の飲酒は肝臓に負担がかかる。小腸では蛋白質はアミノ酸に分解され、炭水化物は単糖類へ分解されて吸収され、毛細血管から血液によって体内に運ばれていく。消化管を通ってきた水分は、かなり小腸で吸収される。

大腸では残っていた水分の多くが吸収され、残ったものは糞便《ふんべん》となり排泄《はいせつ》される。糞便は健康のバロメーターとなるようだが、大切なのは腸内細菌で、納豆菌やヨーグルト乳酸菌のような発酵食品が良いようである。大腸で吸収された水分は腎臓《じんぞう》で尿となる。

食事の栄養で健康な体が作られるが、その他にも人間が呼吸することで、空気が体内を循環して体を健康にしていく。

人間の体全体に血管が張り巡らされていて、血液が流れている。体全体を流れてきた血液は、静脈を通って心臓の右心房に帰ってくる。そして右心室を通り、肺動脈を通り、肺へと送られる。この時の血液には体内の老廃物が含まれている。体の各部分から二酸化炭素を回収してきている。そして酸素が少なくなっている。二酸化炭素が多くなっている血液は肺を通過していく。

鼻や口から吸い込まれた空気は、気管を通り、肺へと入っていく。肺では肺胞の血管が二酸化炭素を放出し、酸素を取り込む。肺に入っていく空気は綺麗な空気が良い。酸素を取り込んだ血液は肺動脈を通って心臓の左心房へ帰ってくる。そして左心室を通って動脈を通して体全体へ、酸素が多くなった血液を運んでいく。動脈から流れていく血液が、体全体の各機能を生き生きと活動させる。

もう一度、人間の身体の分類を確認してみた。脳。神経。骨。筋肉。感覚器官。呼吸器官。消化器官。泌尿器官。生殖器官。内分泌液。血液。循環器官。細胞。遺伝子。その他。その中でも、人間の脳には特長がある。

脳は大脳、小脳、脳幹からなり、約八割が大脳となっている。

大脳の表面は大脳皮質で覆われ、内部は大脳髄質で大脳核が包み込まれている。大脳皮質は灰白質の起状に覆われていて、ものを感じたり、記憶したり、考えたり、言葉を話したりといった活動を支配している。前が前頭葉、中央が頭頂葉、後ろが後頭葉、両横が側頭葉と呼ばれている。

小脳は大脳後頭の下部にあり、大脳テントで隔てられている。内耳の平衡器官や、情報処理をして体のバランスを取ったり、筋肉を強調させて全身を動かす働きがある。

脳幹は、大脳半球と脊髄《せきずい》を結ぶ部分で、間脳、中脳、橋、延髄からなっている。呼吸、心臓、体温の調節をしたり、自立神経系やホルモンの働きを司っている。

一般的に、大脳で論理的な思考をしたり、判断をしたりして、小脳で体の平衡感覚を保ったり、大脳の運動命令を全身に伝えたりしている。大脳で考え、その伝達を、小脳の能力を使って、骨や筋肉やそれぞれの器官へと伝えて、身体全体を造っていっている。

人間の体内について話していると、

「妖精ちゃん、今までと同じことを説明しているよ」

と真理が言うので、

「でもさ、学校の勉強だって復習が大切なんだよねえ、妖精ちゃん」

と、愛美が妖精に同意を求めた。

妖精も、

「学校の授業だけで勉強するよりも、家で授業内容の予習をし授業を受けたり、授業で勉強した後で、もう一度家で復習すると、内容がより身に付くと思うよ」と言った。繰り返して学習することは、内容の定着が強くなるようである。

四、

「知らなかったことを知るようになるって、本当に大切なことなんだねえ」

と、真理がしみじみと言った。

愛美も後を追って言った。

「私もそう思う。自分だけで、新しいことを知るのって難しいと思うの。今までに多くの人々が様々な経験をしたので、その経験を通して教えてもらえるのよね。確かに高校の勉強って難しいけど、研究や努力を積み重ねた人々が、多くのことを残してくれているので、それを私たちが勉強しているんじゃないかと思うようになってきちゃった」

妖精が言った。

「地球の内側は人間には見えないし、解剖しないと、人間の内側は見えないものね」

妖精の言葉を聞いて、真理が思い出した。

「妖精ちゃんが、人間の目には見えないけど大切なものがあるっていってるのが、少し分かったような気がする」

磁気は地球の北極から南極に向かって、地球の表面を流れている。地球の内部でも、南極から北極に向かって流れている。

電磁気は、電流によって起きる磁気だが、電流も人間には見えない。電磁波は地球外の宇宙空間にも流れている。

「体内時計なんて、体の中に本当の時計があるんじゃなかったじゃない」

と真理が言ったので、

「人間の体だって、本当に不思議で、実に巧妙にできているので、本当の時計でなくても、昔の人間がずっと地球上で生活してきたんだから、地球の動きが体全体で分かっていて、人間の体も地球と一体となっているんだと思うよ」

と愛美が言った。

「時計で思い出したんだけど、放送局のアナウンサーって、数字表示のデジタル時計よりも、長針、短針、秒針表示のアナログ時計の方が、時計に正確な放送に適しているらしいよ」

と真理が言った。

「二一世紀には、デジタル社会を目ざす方向に進んでいるけど、レコードでの音楽や紙の新聞や手紙も多くの人々に支持されているのは、本来人間は長い間、アナログの社会で生活してきたからだと思うよ」

と、愛美も真理に同調した。

二一世紀はデジタル社会へ移行していくといわれ、コンピューター、インターネット、AI、チャットGPT等と電子機器を使いこなさないと、時代に遅れるような風潮になっているような状態だ。

産業の分野でも、AIを使った分野が増えている。AIとはアーティフィッシャルで「人工の」という意味と、インテリジェンスで「知能」という意味が合わさって、「人工知能」と使っているのではないかと思われる。研究者たちは優秀な人たちが多いので、「人工知能」は、本来、人間の脳を模倣して作られたのであろうが、遥《はる》かに一般的な人間の脳を超えている。二一世紀になっても、戦争は勃発しているし、詐欺等の犯罪も増えている。人工知能が平和的に人類の幸せのために使われればいいが、悪用されてしまえば、原子力爆弾が人類の危機となっているように、人工知能も人類の脅威となってしまうかもしれない。

産業というと、二〇世紀には、農業、牧畜、林業、鉱業、工業、漁業等生産に関する事業がほとんどだった。しかし、二一世紀には人工知能に関する産業も増えてきている。

古典学派創始者のアダム・スミスは一七二三年に誕生し、一七九〇年に死亡している。一七七六年に『国富論』を著して、資本による生産を考え、資本の所有者は、自分の利益を追い求めて資本を投じることによって、生産と雇用の拡大を実現しているると言っている。

二〇世紀の日本での産業は第一次産業で、農業、鉱業、漁業、第二次産業で製造工業、第三次産業で卸売商業、第四次産業で小売商業と分類していたようである。

世界の産業革命はイギリスで始まった。一八五一年にはロンドンで万国博覧会まで開催している。イギリスの技術力や産業力は、世界の産業界をリードしていた。日本は江戸時代で将軍は徳川家慶だったようである。

一七六五年にワットが蒸気機関を開発し、一八〇四年にはイギリスで蒸気機関車が走っている。資本主義は、産業革命で大規模な工場を経営する資本家が、労働者を低賃金でやとって生産を行う仕組みとして広がっていった。

一九世紀には、フランス、アメリカ、ドイツ、日本にも産業革命は広まっている。日本は明治時代となり、一八七二年に官営模範工場として富岡製糸場が作られた。

一八八三年には大阪紡績会社が開業し、大規模な機械生産が開始した。重工業の分野では、一九〇〇年頃に官営の八幡製鉄所が設立され、一九〇一年に八幡製鉄所の操業が開始された。

五、

真理と愛美は、自分たちがなぜ勉強するのかについて、妖精といっしょに考えてみた。

この日の話し合いでも、いくつか勉強することの大切さと、二人なりの答えも出しあったような気もした。

妖精と出会って、自然の大切さや人類の歴史を顧みて、現在を理解することは大切で、勉強する価値があると思うようになっていた。

真理は、人間は本能的に多くのことを知りたいという知識欲があると発言した。

愛美は、自分たちの将来の仕事の選択肢が広がるし、その可能性が広がると言った。

真理は、世間では、学校を卒業した大人たちも再勉強をする人が多いことに興味を示した。知らなかったことを知ることは、誰にとっても大切だと思った。

愛美は、一人で新しいことを知るのは難しいので、研究や努力を積み重ねた多くの人々が残した成果を勉強できるのはありがたいと言った。

真理は、見えないものの中にこそ大切なものがあるので、それも勉強したいと言った。

愛美は、宇宙も地球も人間も関連し合っているので、勉強は大切だと言った。

妖精が言った。

「まりちゃんとあみちゃんが、今までにその都度話し合ってきたことは、なぜ勉強するのかの理由を表現してきたような気がするよ」

そう言われて、真理も愛美も、現在の日本の学校では、勉強する環境が整っているので、しっかりと勉強しないといけないと思った。

「妖精ちゃんと会うようになって、学校での授業も今までよりも理解できるようになったよ」

と真理が言ったので、

「私も同じよ。勉強する意欲も少し湧《わ》いてきたみたい。今日の地球の内部や人体の内部の話も、今までの復習だったし、学校の授業の家での復習も大切だよね」

と愛美も納得しながら言った。

「まりちゃんとあみちゃんは高校生じゃない。高校を卒業した後はどうするの」

と妖精が聞いたので、真理は、

「一応、大学に行けたら大学に行きたい」

と言った。それを聞いて、愛美は、

「もしできたら、まりちゃんと同じ大学に行きたいな。合格できるように勉強しなくちゃいけないね」

と言った。真理も嬉しそうに言った。

「私もあみちゃんと同じ大学に行きたい。でも、進路を決めて、どのような職業に向かっての勉強をする学校なのかを考えなくっちゃいけないよね」

真理と愛美は、勉強する大切さは感じたのだが、まだ将来の方向性は、はっきりとは決まっていなかった。

「どのような職業があるか、少し考えてみましょうか」

と妖精が二人に提案した。

六、

　愛美は、先ほど雑木林を通過していた時に、小さな蛇と出会ったことを思い出した。その蛇の目は可愛いと思った。

「私、動物学者にも興味があるなあ」

と愛美が言ったのを聞いて、真理は少し驚いて、

「えっ、だってあみちゃんは、虫嫌いじゃない。どちらかというと、私が動物関係で、あみちゃんは植物関係の仕事がいいんじゃないの」

と言った。

「そうね、私は小さい頃は、花屋さんとか、ケーキ屋さんになりたいと思っていたよ」

と愛美が言った。

「動物関係では、ペットが怪我や病気をした時に治療する獣医さんもいいねえ」

と真理も考えながら言った。

「植物も動物も、両方とも自然の生き物よ」

と妖精が言った。そして、

「あみちゃんが小さかった頃、花屋さんやケーキ屋さんになりたかったというのは、多くの女の子たちに共通しているみたいよ」

と言った。

男性でも花を好きな人はいるが、人数でいうと女性に花好きな人が多いように感じる。花屋では色々な種類の花が売られている。奇麗な花が多い。しかし、花は生き物なので、生き生きとした状態を保ったり、水の交換、虫がついていないか、手入れが行き届いているか等の管理が大切となる。お祝いやお見舞いで、花を買う人も多く、奇麗な花束を客に届けられる楽しい仕事でもある。

次に、女の子たちに人気のあるケーキ屋さんは、誕生日や記念日にケーキを食べることも多く、お菓子好きな人にとっては、その人の好みでケーキ屋さんをやりたいのではないだろうか。和菓子店もあるが、ケーキは洋菓子店となるのだろう。卸し屋からケーキを購入し、小売店で売っている。しかし、販売している店の中で、自家製のケーキを作っている所もある。その場合は、当然自分でケーキが作れないといけない。菓子職人となるので、高校の調理科や製菓専門学校で勉強すると、自家製ケーキを作るのに役立つ。和菓子職人もパン職人も、高校の調理科や製菓専門学校で学んで、菓子やパンの製造技能士の国家資格を取ると、仕事に役立つ。ウエディングケーキ等のおしゃれな洋菓子を作る仕事もある。

レストランやホテルの食堂で料理する場合は、調理師免許が必要となる。厚生労働大臣指定の調理師養成施設で学ぶか、二年以上の実務経験を経て調理師国家試験に合格しなくてはいけない。

愛美は動物学者にも興味を持ち始めたし、真理は獣医に興味を持っているようだった。

獣医師は動物の医師で、動物病院で働く人が多い。その他では動物園や水族館で飼育動物の病気や怪我の治療をしている。資格が必要で、大学の獣医学部に通い、獣医師国家試験に合格しなければならない。

真理が、

「わあ、獣医学部に入学して、獣医師国家試験に合格しなくちゃいけないんだ。難しそうだね」

と、少し考え込んでいた。

動物好きな人にとっては、犬や猫等のペットの病気や怪我の治療をして、ペットが元気になることは、やりがいのある仕事だと思われる。

病院に看護師がいるように、動物関係でも動物の看護師がいる。獣医師の仕事を手伝っている。大学や養成の専門学校で学び、愛玩動物看護士国家試験に合格しなければなれない。

動物園には、動物の飼育員がいるし、水族館にも、そこで生息する生き物の飼育員がいる。公立の施設なら公務員採用試験があり、民間なら、各動物園や各水族館の採用試験があり、合格しなければならない。

動物に関しては、ドッグトレーナー、ペットシッター、動物保護スタッフ、セラピスト、海獣トレーナー、競馬調教師、動物訓練士等がある。目の不自由な人の生活を助ける盲導犬がいるが、その犬を訓練する盲導犬訓練士という仕事もある。農学系、畜産系、動物看護系の学校を卒業して、専門の訓練施設に就職して、盲導犬訓練士となれるようである。

真理が言った。

「獣医師になるのは難しそうだから、盲導犬訓練士は、私にも適しているかもしれない」

体の不自由な人のために働く犬には、他にも適した補助犬がいて、その犬を育てる訓練士がいる。

動物学者や植物学者は、研究者なので、大学教授となって、動物や植物等の研究をしていくのだと思われる。

動物の病気や怪我を治療するのが獣医師なら、人間の診察や治療するのは医師となる。

医学に関してはたくさんの科に分かれていて、内科、外科、小児科、産婦人科、麻酔科等、細分化されていて、それぞれの科に特化した専門医がいる。医学部のある大学に行き、医師国家試験に合格しなくてはいけない。

「医学部に入学するって難しいよね。でもね、お医者さんの息子で高三の受験生が合格しやすくって、次に男子浪人生、最後に女子の受験生は合格が難しい傾向があったらしいんだけど、あれって変よね。今は全て平等なのかなあ」

と、愛美は心配げに言った。

病院で医師を助けて、患者の心と体の保護や世話をする看護師がいる。看護系の学校を卒業して、看護師国家試験がある。

他にも病院関係では、理学療法士、臨床検査技師、調理師、管理栄養士、助産師、保健師、薬剤師、救急救命士等、様々な仕事がある。

歯に関しては、歯科医師、歯科衛生士、歯科助手、歯科技工士等がある。

人の悩みや不安解消に関わる心理カウンセラー、介護福祉士、精神保健福祉士、社会福祉士等もある。

病院ではないが、体調を整えるのに、あん摩マッサージ指圧師、鍼灸師、整体師、セラピスト等もある。

「医学関係は人の命や健康に関わるから、大切だけど責任も重いよね。でも、患者さんが元気になったら嬉しいでしょうね」

と愛美が言った。そして真理に言った。

「まりちゃんは英語が得意だから、通訳の仕事なんかどうだろう」

すると真理は、

「とんでもない。高校の英語で、英語検定二級くらいでは、全然駄目だよ。高校生でも一級合格の人だっていると思うよ。英語に関しては私とあみちゃんは同じくらいの成績だけど、大学に入って、いろいろな外国語を勉強していけば、あみちゃんだったら、英語でなくても、フランス語やドイツ語やイタリア語等を勉強して通訳になれるかもしれないよ」

と愛美に言った。

真理と愛美は、小さかった頃からずっと仲良しだった。お互いによく相手のことを知っている。二人には共通点は多いのだが、どうやら真理は動物系のようだし、愛美は植物系のような違いを感じている。真理は、愛美だったら大学生になっても、地道に努力を続けて学問の面で伸びていくのではないかと思うようになっていた。真理の感じでは、愛美は外交官、秘書、通訳、翻訳家、気象予報士、薬剤師、銀行員、教師、保育士、キャビンアテンダント、アナウンサー等の仕事が向いているのではないかと思うようになっていた。

世界中でも日本でもいろんな職業がある。日本人が食べる食料は、日本だけでは生産できていない。かなり多量の外国からの産物を輸入している。農産物の生産には農業が大切だということになる。まず日本の農業を盛んにして、日本人の食料は日本で生産できるようになることが望まれる。次に水産があり、漁業をやる若者も増えてほしい。牧畜狩猟業も大切で、牛肉、豚肉、鶏肉だけでなく、ジビエ（狩猟の獲物というフランス語）の猪《いのしし》や鹿《しか》や熊等も食料となる。野生の動物は、本来は自然の中で生活するのが良いが、人里に近づき、人命が危険に晒《さら》されたり、農業物が荒らされて殺傷された場合に限られる。牛では乳牛もいて、牛乳や乳製品の生産に大切なので、牧畜狩猟業も大切である。

第二次産業の製造業、鉱業、建設業、ガス電気事業にも若者の従事者が増えてほしい。

第三次産業の運輸通信、商業金融、公務、家事使用人労務、サービス業も若者の参加が望まれる。

警察官や消防士、海上保安官、刑務官、自衛官等は特に体力が必要となる。情熱を持った若い力が必要である。

高校を卒業して、就職する若者もいるし、大学を卒業して、就職する若者もいる。将来の社会に若い力は大切で欠かせない。

妖精が二人に言った。

「まりちゃんとあみちゃんは大学に進学したいということだから、まだ、はっきりと就職は決めていないようだけど、二人と同じクラスの同級生の人たちは、どんな仕事に就きたいんでしょうかね」

少し考えて、真理が言った。

「そうねえ、運動の部活動では、総合体育大会で上位の成績を残す人たちもいるから、その中にはプロのスポーツ選手になりたいと言う人もいるよね。あみちゃん」

と、愛美に話を振った。愛美も少し考えて、

「所属している運動の部活動で、とっても優れた成果を出している人もいるものね。それぞれの自分の活動しているスポーツのプロになりたいと言っている人もいる。それからね、女子の中には、歌手グループのメンバーになりたいと言っている人もいるよ」

と言った。プロのスポーツ選手や芸能界を目指すクラスメートもいるようである。

プロスポーツに関して、真理は父親の知り合いの話を思い出して言った。

「知り合いの人の話なんだけど、ある高校の野球部が夏の甲子園全国大会に出場して、ピッチャーをやっていたらしいの。そのピッチャーがプロ野球のドラフト会議で、新人選択されてプロ野球選手になったの。その球団の一軍で活躍して、二〇二三年三月に開催されたＷＢＣ（ワールド・ベースボール・クラシック）で、最優秀選手にも選ばれた、大リーグの大谷選手と共に、ピッチャーとして日本の優勝に貢献したらしいのよ。そのピッチャーがまだ高校生だった頃、知り合いのおじさんは、『彼は背が高くていいピッチャーだったけど、プロ野球の球団に選ばれた時、体が細身だったから、プロでの活躍は難しいだろうと思っていた』と言っていたらしいよ。高校生の頃はあまり期待されていなくても、プロとして鍛えていって、大きく

成長していく選手もいるんだって」

その真理の話を聞いて、愛美が言った。

「その人の話を考えてみると、それぞれのスポーツで頑張っているクラスメートも、今からの努力次第で、プロ選手になれるかもしれないね」

「羨《うらや》ましいね。でも、私たちには無理だね」

と真理が言ったので、愛美も頷《うなず》いて笑った。

日本の武道では、柔道や剣道や弓道や空手等があるが、プロでは相撲道に人気がある。国技の相撲では、外国出身の力士が強く、最近ではモンゴル系の力士が上位を占めている。体が大きくて強くなければいけないので、新弟子検査に合格しなくてはいけない。

日本でのプロスポーツでは、野球に歴史があり、人気も高い。小学生、中学生、高校生、大学生、社会人の野球チームがあるが、特に高校野球の甲子園全国大会は、プロ野球への登竜門ともいえる雰囲気がある。

高校生のスポーツでは、最近ではサッカーをやる人口が増えている。野球と同じように小学生、中学生、高校生、大学生、社会人のサッカーチームがあるが、高校サッカーの全国大会でも、プロチームからスカウトしたいと注目されている。日本のプロサッカーではJリーグがあるが、野球と比べると、ずっとその歴史は浅い。世界のサッカーに対し、日本のサッカーはなかなか勝てなかったので、なんとかプロを作りたいと言われ続けていた。そして、一〇チームのプロサッカーとしてJリーグが発足した。その後、令和の時代には、J1、J2、J3だけでなく、J3に次ぐチーム等全国各地にチームが増え、六〇チームもあると言われている。野球のプロ選手よりも、サッカーのプロ選手の方が多くなっているのかもしれない。

妖精の説明を聞いていた真理が言った。

「若いプロスポーツ選手は体力があるから、もっと警察官や消防士や救急隊員等になってくれるといいのにね」

すると、愛美が、

「公務員の人たちの収入は一般的じゃない。でも、プロスポーツの選手たちの年収金額は桁外《けた》れだよ」

と言ったので、

「金銭的格差が、資本主義国の問題だよね」

と、真理が言った。それを受けて、

「実は、資本主義の国々だけでなく、社会主義を主張している国々だって、国民の間での金銭的格差はあるんだって」

と、愛美が言った。

マルクスのように、資本主義の矛盾を感じて社会主義を主張したりしたのだろう。しかし、現実にはなかなか理想の世界にはなっていっていない。

真理も愛美も、結局は人間の考え方の問題ではないだろうかと思った。

妖精は他のプロスポーツも説明した。プロ野球では一般的平均給料の約一五倍、プロサッカーでは約一〇倍ではないだろうか。他にも、プロゴルフ、プロテニスでも、かなり高額の収入と思われる。そのようなプロスポーツで、優勝したり、上位の成績を残すと桁違いの報酬が得られる。

バレーボール、バスケットボール、陸上、水泳、ボクシング、ラグビー等たくさんのスポーツ選手がいるが、最近ではスケートボードやサーフィン、スポーツクライミング等の選手も多くなってきている。冬のスポーツでは、スキー、スケート、ジャンプ等の選手もいる。このような冬のスポーツでは、北海道や東北で生活している人々が多いようである。

真理と愛美のクラスメートには、本気なのかどうかは分からないが、漠然と芸能界に憧《あこが》れている者もいる。芸能界というと、俳優とか歌手とかダンサー等に希望者が多かったようだが、最近では声優やお笑い芸人等に人気があるようである。芸能とは映画、演劇、歌謡、舞踊、落語、漫才、講談等がある。芸術とは絵画、彫刻、音楽、文学、演劇等なので、音楽や演劇等で共通点があるのではないか。

芸能界では、俳優として、歌手として、たくさんの個人やグループのスターたちが誕生して、活躍してきている。人気を集めて、アイドルと称されたりする。そのため、憧《あこが》れと共に、自分でもアイドルになりたいと思う人もいる。アイドルとは人気者とか偶像とかのアイドルだと思うが、働いていないとか怠惰なという意味のアイドルは、車のエンジン空回り等でアイドリングと使うのだろう（冗談）。

最近では、アニメ関係の声優になりたい人も増えてきている。アニメ制作も盛んになっているので、アニメーターや漫画家になりたい人も多い。

昭和の時代と比べると、平成や令和の時代となり、ＡＩ関連の仕事が増えてきている。アーティフィッシャル・インテリジェンスといわれる人工知能は、コンピューターから出発し、人間の脳を参考にして開発されたのだろうが、研究者や開発者たちが優秀なために、ＡＩが学習し考えて、進化発展している。コンピューターでも「文殊《もんじゅ》」や「富岳《ふがく》」等、その計算の早さや量は、想像できないほどであり、人間の能力を遥《はる》かに超えている。しかし、まだ心は持っていないので、人の気持ちは分からないはずなのに、遂《つい》にチャットGPTまで出現してきた。チャットは「おしゃべりをする」となるので、人間の質問に対して、間違っていても、まるで本当であるかのように話されてしまうと、人間社会に悪影響があるのではないかと心配されている。

ＡＩに関する仕事も考えられる。学習能力の高いＡＩを開発したり、車の自動運転のＡＩ、体の不自由な人や年配の人の生活を助けるＡＩ等ＡＩの開発者の仕事もある。ＡＩが故障したり、おかしな動きをした場合に、原因を突き止めたり修理したりするエンジニアの仕事もある。お客にＡＩ商品の便利さや、正しく安心して使ってもらえるようにサポートするＡＩアドバイザーの仕事もある。ＡＩを取り入れたい会社等に、どのようなＡＩがその会社の要望に適しているか等のアドバイスをするＡＩコンサルタントの仕事もある。

昔から、農業や漁業等、人が生きていくための仕事が続いていたのだろう。建築や工業の仕事も社会を作っていくのに必要となり、仕事の数も増加していった。二一世紀には、ＡＩに関する仕事まで出現してきた。社会が段々と複雑になってきている。そんな中でも、スポーツや芸能界の仕事は、若い人たちの憧《あこが》れの的となっている。

どの世界にも、天才的人物がいる。将棋界の藤井聡太名人は、竜王、王位、叡《えい》王、棋王、王将、棋聖のタイトルも獲得していて、名人で七冠となり、残る王座まで獲得すると、初の八冠制覇となる。

プロ野球では、アメリカ大リーグエンジェルスの大谷翔平選手は、ピッチャーとしてもバッターとしても大活躍している。

二人共、生まれ持った天才的才能を持っている。しかし、良い結果を残すには、人に知られない弛《たゆ》まぬ努力が必要である。

真理と愛美は妖精と話しながら、自分たちには天才的素質は無いことは充分に自覚している。そして、高校生として、いろんな面で上位にいきたいとは思っていない。それは、人気のあった男性歌手グループ「スマップ」の歌に「世界に一つだけの花」という曲があった。その歌詞に「どうして人は一番になりたがるのだろう。一つ一つの花がみんなそれぞれの美しさで咲いている」という意味が表現されていて、その楽曲が多くの人々に支持されていたこともある。

真理も愛美も、優秀な高校生になろうとは思っていない。しかし、妖精と出会って、弛まず努力を続けていくことは大切だと思うようになった。他の人たちが、真理と愛美をどう思うかよりも、二人が高校生として今やれることを一生懸命にやっていることが、二人の将来に繋《つな》がっていくと思うようになった。真理と愛美は子供の頃から仲良しだった。意見の違いはあっても、お互いに信頼していた。一緒にいると楽しかった。そして、高校での校内テストが終了した後の休日に、二人でこの緑の大地で妖精と出会った。そして、二人と妖精との間に、新しく信頼関係が誕生したのだった。

七、

真理と愛美は、まだどんな仕事をしたいのか、はっきりとした将来の希望は決まっていなかった。二人は国語や英語は少し得意だったが、数学や理科は苦手だった。社会や体育は得意でも苦手でもなかったが、二人にとって体育は、体を動かして遊んでいるようで、勉強の気分転換となっていた。

真理が愛美に言った。

「私たちって喋《しゃべ》る時も、遊ぶ時も、勉強する時も一緒にしてるじゃない。国語や英語も一緒に勉強してきているから、なんとかテストの点数も取《と》っているよね。でも、数学や理科は苦手だし、社会では暗記する事項が多いよね。だから、数学や理科や社会も、もっとしっかり勉強した方がいいんじゃないかと思うの」

愛美は真理の言いたいことが、よく分かっていた。そして言った。

「そうよね。妖精ちゃんと出会って、この緑の大地で教えてもらったことは、教科でいうと、私たちの苦手な理科や社会のことじゃないかと思うの。本当に理科的なことや社会的なことを勉強しておくことは、人間が人間として生きていくのに大切だと思うようになったよ。人間の体や地球や宇宙を勉強するのは、内容は理科の内容だし、日本の歴史や世界の歴史や宗教などは社会の内容だものね。私もまりちゃんが言うように、数学や理科や社会も、もっと勉強したくなってきたよ」

二人の話を聞いて、妖精も言った。

「将来の仕事の話もしたじゃない。二人はまだどんな職業に就職したいかと、はっきりとは決めていないようだし、なんとなく大学に進学したいようだけど、勉強したい学部を決めて、その大学の学部をめざして準備をしておくことも大切だと思うよ」

「そうだよね」

と真理も愛美も言って、何のために勉強するのか、どのように勉強するのか、将来どのように人の役に立てるのかを考えることにした。

「何のために勉強するかについては、職業の話の前にも、少し話したよね」

と愛美が言った。

「少し思い返して、復習してみましょうか」

と、真理も同意して、妖精と一緒に、勉強する目的について考えてみた。

二一世紀の現在は、突然出現したのではなく、過去から続いてきているので、歴史を勉強することは、現在を生きる私たちにとって大切なことになる。学校での世界史や日本史の学習が、単なる暗記の教科になっていないだろうか。暗記してテストの点数を上げるのではなく、どのような出来事が過去に起きて、何故《なぜ》現在の日本や世界になっているのかを勉強して、より良い社会へと向かっていけると良い。歴史上の人物たちも、現在の私たちと同様に、親がいて子がいて、喜怒哀楽の感情を持ちながら日々を生活しながら幸せを求めて生活をしていたはずである。歴史上の人々の成功からも、失敗からも学んでいきたい。

「権力者は警戒しなくちゃいけないよね」

と真理が言った。

歴史を勉強していくと、日本でも世界でも権力者は自分の領土を広げたり、権力範囲を拡大させたいようである。慎《つつ》ましい性格ではなさそうである。欲望を満たすために、武力も使って、敵を攻撃したりする。人間の歴史を見ていくと、繰り返し、繰り返し戦争を続けている。二一世紀になっても、軍隊による武力で戦争をやっている。「人を殺してはいけない」とか「戦争をしてはいけない」ということを学んでいくことが勉強することの目的なのではないだろうか。そして、「どうすれば平和な世界になるのか」と考えて、その方法を見つけていくことが勉強なのだろう。

真理と愛美は、自然について勉強することも大切だと思っている。何故自然を勉強することが必要なのか。原始地球が誕生して、生物が生まれ、その後進化してい き、この地球に人間も誕生して、二一世紀に真理も愛美も生きているのだから、地球や自然や生物等の物理や化学のような理科的な勉強をしなくてはいけないと思うようになった。

次に、人間自体が本能的に知識欲を持っているのではないかと思っている。それは、人間は他の動物たちよりも脳が複雑で進化している。優秀な脳が備わっているのなら、その脳を活用した方がよい。いろんなことを知りたいという知識欲を持っているのだから、吸収力の強い若い年齢の時に、しっかりと勉強しておいた方が良いと二人は思った。年齢的には真理と愛美よりも遥かに越えている人たちも、社会で仕事をしながらでも再勉強をするようになってきているので、きっと人間自体が、学習をしたいという生き物なのだろう。

次に、幅広く勉強していると、どのような仕事に就いていけるかの、選択肢の可能性が広がるのではないかと思うようになった。真理と愛美は、まだ将来の希望は決定していないが、妖精にたくさんの仕事を説明してもらったので、自分たちの可能性を広げていくために、苦手な教科も、もっとしっかりと勉強しておきたいと思うようになった。

「まりちゃんもあみちゃんも、世の中が戦争のない平和な世界になっていってほしいと思っているよね。人々が事件や犯罪を起こさない安全な世界になってほしいと思っているよね」

と、妖精が言った。真理も愛美も頷《うなず》いた。

「より良い世界にしていくのに、やっぱり、テストの成績を上げるということよりも、私たちがもっと勉強して、平和な世界を実現していけるように力をつけたいね」

と、真理が言ったので、

「ただ自分の満足だけでなく、勉強することは、人間が人間として大切なことであって、より良い社会にしていく基本だよね」

と、愛美も真理に同調した。

「どのように勉強すると効果的なんでしょうね」

と妖精が二人に言った。

学校の授業でやる内容を、授業で勉強するより前に、自分で学習して予習をしておく。予習をするのが習慣になっていると、学校での授業が、その人にとっては復習となっている。予習でよく分からなかったことを、授業中に先生に質問すると、その質問が授業内容の核心をついている場合、「よく勉強している。私が大事に思っている内容に触れている。この生徒はよく勉強している」と教科の先生は思うはずである。良い質問をする生徒は、教科のテストを受けなくても、常に良い成績をあげていることになる。

予習はしないが、授業を大切にする人は、それはそれでよい。ぜひ、授業に集中してほしい。熱心な授業態度は、教科の先生に必ず伝わる。ただ授業に参加しているだけの生徒と集中して授業に参加している生徒では、明らかに結果に違いが表れる。でも、後で必ず復習をしてほしい。

何故《なぜ》、復習が大切なのか。一回だけ勉強して理解したり、覚えたりする人もいるが、そんな人は少数に過ぎない。天才的に記憶力のある人もいるが、普通はそのようにはいかない。真理と愛美は、明らかに復習が必要である。二回以上、三回、四回と反復していくと、暗記が苦手な人でも、内容が頭の中に定着する。大脳の前頭葉で記憶して判断する。繰り返して覚えたことは、忘れにくくなるので、何度でも復習すると、勉強した内容が覚えやすくなり、忘れにくくなる。授業で勉強した内容を覚えたら、できるだけ短期間の内に、もう一度覚え直すことが必要である。

　できたらその日の寝る前に、もしその日でないなら、次の日起きた時にもう一度目を通す。睡眠は記憶を整理して、頭の中に定着させる。さらに物事の理解が深まる。睡眠時間が少ない人がいるが、その人に適した十分な睡眠が大切である。睡眠することは、学力を伸ばす。

　勉強も長時間続けると、脳も疲れてしまう。休憩を入れた方が良い。学習に集中できる時間には個人差があるので、三〇分勉強して、五分休憩するとか、自分に合った学習時間でやっていく。休憩時には、ゆったりとした好きな音楽を聞いたり、ストレッチをしたりして、体を動かした方が良い。

　勉強して良い結果が出ると嬉しくなったり、達成感が得られたりして、感情的な喜びが起こってくる。脳内の神経伝達物質にドーパミンというものがあり、心地良かったり嬉しい気持ちになると、ドーパミンが大量に分泌される。勉強して良い結果が出たり、褒められたり、努力が報われると、ドーパミンも分泌されるし、努力することが楽しくなってくる。

　勉強ばかりしていても効率が悪くなってくるので、学校の体育の時間には、思いっきり体を動かしたり、放課後の部活動でも、できるだけ体を動かした方が良い。

気分転換をしたり、心配事を発散させた方が、学習面においても良い結果へと結びつきやすい。

勉強するのはどんな時かと聞くと、多くの生徒たちは学校の授業時間とか、家庭での部屋での学習時間とか、図書館に行って自習室で勉強している時と答えることが多い。確かに学校は勉強するには良い条件が整っている。家庭内に勉強する場所がある人は幸せである。自分の家庭内に勉強する場所がない人は、図書館に行くと自習室がある。計画を立てて勉強することができる。

しかし、「勉強するぞ」と取り組まなくても、いろんな生活の中でも、工夫して生活してみてはどうだろうか。通学途中や買い物に行ったりする時に、メモ用紙に暗記したい英単語を書いて持っていて、歩いている時は用紙は見ずに空で暗記する。はっきりしない時は止まって用紙を見て、英単語を確認する。そしてまた歩きながら暗記する。メモ用紙に書く内容は数学の公式でも、化学の化学反応式でも、自分の暗記したい内容をメモ用紙に書いて持って歩くようにする。

通学に電車やバスを使う場合でも、家で準備して持参してきたメモ用紙等がいいのではないかと思う。教科書や参考書を読んでもいいが、自分のまとめたメモやノートの方がいいのではないだろうか。メモの内容を暗記しながら、車窓から見える風景を眺めるのも楽しい。

妖精の説明の途中で、真理が少し不服ぎみで妖精に言った。

「妖精ちゃん、勉強の成績が上がるための技術のような気がするんだけど、そのような方法で成績が上がっていったら、学校のテストの点数が良くなって、上級学校に合格できるだけを目的にしている人たちが得するんじゃないの」

妖精は微笑んで、真理の不服を聞いていたが、妖精の言いたいことを汲《く》み取って、愛美が言った。

「まりちゃん、でもね、将来の希望や勉強する目標をしっかり持って勉強するのと、ただテストの点数が上がればいいと思って勉強するのでは、全然違うと思うよ」

妖精の思いが伝わったのか、

「そうだねえ、何のために勉強するのかを考えて勉強したり、将来人のためや社会のために役立つという目標を持って勉強するのとでは、やっぱり大きく違うと、私も思う」

と、真理も納得して言った。

真理も納得したようなので、妖精も嬉しくなって、真理と愛美が一緒に勉強することにも利点があるという説明もした。

「まりちゃんとあみちゃんは一緒に勉強することがあるの？」

と妖精が聞いたので、愛美が、

「あるよね、まりちゃん」

と言って、勉強の仕方を説明した。

二人は国語と英語を一緒に勉強している。二人共、教科書を持ってきて、一人が声を出して読むので、一人は聞いていて、読みの間違いを指摘したり、質問したりする。質問された場合に答えるが、二人の答が一致しない場合には、辞書で調べる。二人が交代しながら読んだり、質問したり、答えたりしながら、時にはそれぞれのノートに、漢字や古語や英単語や英文を書いていく。英単語のスペルが正しいかどうかは辞書で調べる。そのような勉強を続けているので、二人は国語と英語の成績は良かった。

妖精が言った。

「なんだ、まりちゃんもあみちゃんも、私が勧めたかった勉強を既《すで》にやっていたんだ。じゃあ、その勉強法を数学や社会や理科の勉強にも広げていけばいいんじゃない。もし、二人が同じ大学に合格したいと思っているんだったら、全教科共同じようにやればいいのよ。あとね、ストレッチで体の柔軟体操も一緒にやるといいと思うよ」

妖精の言葉を聞いて、真理と愛美は、数学や社会や理科でも、読んだり、質問したり、答えたり、辞書で調べたりして、互いに協力することにした。二人は家庭学習では、予習、復習をする。学校では、授業中に教科の先生に、理解できていないことを質問する。それ以外では、空き時間を見つけて、協力し合う学習をやっていくと妖精に伝えた。

「無理をしたらだめよ。体を動かすことも大切だし、休憩は取らないと能率が下がるし、なんといっても睡眠こそ、心にも体にも脳にも大切な要素だからね」

と、妖精は二人に言った。

八、

「まりちゃんとあみちゃんは仲もいいし、心優しいし、勉強をしっかりやっていきたいという向上心もあるし、運動能力は高くはないけど運動は一応好きそうだから、私からみてもそのまま学校生活を送ればいいと思うよ」

と、妖精は自分の率直な気持ちを伝えた。

真理は、愛美に対しての友情は持ち続けているし、妖精と出会い信頼関係が生まれたし、今後も努力を続けていきたいと思っている。しかし、それでも将来に対する不安が、どこか心の奥底にあることも確かだった。

このことは、愛美も同じだった。愛美は、学力や体力で真理と似ていると思うのだが、本来別人であることは自覚している。友人として真理を好きである。妖精との新しい出会いで強力な何かが得られたと感じている。信頼という感情が強くなったが、この信頼という気持ちは、全ての世界の人々の心の中に育《はぐく》まれていくといいのにと思うようになった。「頭を働かせるだけでなく、スポーツ等で体を鍛えることも大切だよね。そして、休憩を取ったり、十分な睡眠を取ることが、心や体や脳にもいいんだよね」

と真理が、妖精の言ったことを繰り返したので、愛美は、

「脳って体の中の一部なんじゃない」

と言った。

「そうよね。確かに脳って体の一部よね。となると、心も脳で考えたことが、私たちの考えとしてあるのだから、やっぱり全体的には、体なんでしょうね」

と真理は、少し不思議そうに言った。

「人間の体って食べ物で造られているよね。妖精ちゃんが以前、体にいい食べ物の説明をしたことがあったけど、野菜や魚類のタンパク質は大切だと思うんだけど、妖精ちゃん、脳にいい食べ物って何なの？」

と愛美が妖精に聞いた。

妖精は少し困ったが、率直に言うしかなかった。

「実はね、脳には糖分がいいみたいよ」

妖精の言葉を聞いて、真理も愛美も喜んだ。

「私ね、チョコレート大好き」

と、真理が言ったので、

「私もチョコレート好きだし、ショートケーキも好きだし、ソフトクリームも大好き」

と、愛美も言うものだから、

「でもね、脳だって体が健康であって働くのだから、体に良い食べ物を第一に考えなくっちゃ駄目よ」

と、駄駄《だだ》っ子をあやす母親のような口調で、妖精は二人に言った。

体が健康的に成長していくことが大切であって、バランスの良い食べ物を適量摂取することが大切である。幸せホルモンといわれるセロトニンがよく出るためには良質のタンパク質がよく、青身の魚、卵、豆腐等と共にナッツ、海藻、果物、野菜等も良いといわれている。

「スポーツ選手も頭を使う仕事の人も、やっぱり食べ物は大切だよね」

と、愛美が言ったので、

「野球大リーグの大谷翔平選手や、将棋界の藤井聡太名人の話もしたけど、あんな人たちはトップ中のトップだよね」

と、真理も加えて言った。

野球だけでなく、たくさんのスポーツにおいてそれぞれ頂点に立つ人たちがいる。オリンピックで金メダルを獲得する人たちの実力は、まさに超人的な能力である。そんな人たちは、天才的な素質に恵まれている上に、弛《たゆ》まぬ努力が積み重ねられている。

将棋や囲碁等の世界も同じだ。音楽や絵画や建築等の芸術の世界でも、その芸術に関する能力と努力は、一般の人たちには想像もつかない積み重ねの結晶なのだろう。歴史上に大きな成果を残してきている科学者たちだって、その功績には、生涯をかけた弛まぬ努力があったはずである。どの分野でも、努力は崇高なものだ。

どのような分野においても、有名でなくても、より良い結果を目ざして努力を続けている人々がいる。人に知られるような良い結果が残せる人もいるが、現実には、他の人には知られないが、ひたすら自分の目的や目標を持って頑張り続けている人たちはたくさんいる。

「私たちは日本で生活していて、日本の高校生は、スポーツも出来るし、勉強も心配しないでできる環境の中にいるんだから、将来後悔しないように、今しっかり勉強しておかなくっちゃいけないね」

と、愛美が言ったので、

「そうだねえ。日本の高校生って、世界の多くの国々の同級生の人たちと比べると、本当に恵まれているよね」

と、真理もしみじみと言った。

数学や理科には、先人たちの弛まぬ努力の結晶がまとめられていて、若い人々が人生を歩いていくための生活の糧が含まれている。きっと将来、役立つ時がくるはずである。

妖精は、真理と愛美の名前に興味を持ったので、二人に尋ねた。

「まりちゃんとあみちゃんの名前は、誰がどんな気持ちでつけたの」

真理と愛美は、顔を見合わせて、まず真理から答えた。

「私の名前は、父や母がまだ結婚する前なんだけど、日本のアイドルで天地真理《あまちまり》という歌手がいたんだって。当時の子供たちにも、真理ちゃんブームがあって、とっても人気があったらしいの。父は、歌手の名前が『天地真理《てんちしんり》』とも呼べるので、まるで『天上天下唯我独尊《ゆいがどくそん》』とお釈迦様が生まれた時に唱えた言葉のようで、大袈裟《おおげさ》だと思ったんだって。でも、真理ちゃんは歌も上手だったし、可愛くって人気もあったので好感は持っていたらしいの。小さかった頃の母は、真理《まり》ちゃんブームの中で、可愛いアイドルお姉さんだったので、その名前の響きも好きだったらしいの」

それを受けて、

「私の両親も、同じようなことを言っていたよ」

と、愛美も思い出して答えた。

妖精が言った。

「まりちゃんを漢字で書くと、真理《まり》なので、音読みでは、確かに真理《しんり》だね」

「理」は、音読みでは「り」で、訓読みでは「おさ-める」とか「ことわり」と読むようである。意味も様々で、整える、道を正す、条理、論理、道理等があり、真理は「まことのことわり」であって、宗教的に考えると、仏教でもキリスト教でも、「自然の真理《しんり》とは一体何なのか」「宇宙の真理《しんり》とは一体何なのか」それを探求していくことが、人間にとって大切だということになる。

「わっ、大変だ。私、どうしよう」

と、驚きとも喜びとも思われる声で、真理が言って、

「次は、あみちゃんね」

愛美へとバトンを渡した。

「私の名前は、普通一般には『まなみ』という人が多いみたい」

と、愛美が言って、説明していった。

愛は、音読みで「あい」、訓読みで「め-でる」「お-しむ」のようである。可愛くってたまらなく、いとおしいとの意味もあり、親しみの意味も込めて、「愛娘《まなむすめ》」とか「愛弟子《まなでし》」等と使うようである。そのため、一般的には、愛美《まなみ》という名前の人が多いようである。

「私の両親も、『まなみ』と名付けてもよかったんだけど、『あいび』と音読みにして、私の名前は愛美《あみ》としたみたいよ」

それを聞いて、真理が言った。

「あみちゃんは、愛《あい》と美《び》なんだ。ということは、愛の心を持った美しい人ということなのね、あみちゃん」

と、少し微笑みを浮かべて言った。

愛は、仏教でいうと、「仁《じん》」とか「慈《じ》」等と同じなのだろう。キリスト教でいうと、そのまま「愛の教え」ということになる。

「二人共、いい名前よね」

と、妖精が言った。そして加えた。

「漢字は中国から伝わったんだし、仏教はインドのルンビニ（現ネパール）から中東や東南アジアに広がり、日本へは中国から伝わってきたんだから、漢字と仏教との関係は深いよね」

日本語の表記では、漢字（真名《まな》）とひらがなとカタカナが使用されている。仮名は仮の名であって、真名が正当であると考えられていた。六世紀には、木の札に文字を書いた木簡が出土しているが、漢字で表記されている。カタカナは漢字の部分から取られて、カタカナになっている。アは「阿」からア、イは「伊」の偏からイ、ウは「宇」の冠からウ、エは「江」の傍からエ、オは「於」からオのようにカタカナが作られていった。

ひらがなは漢字を崩していき、変体仮名になったが、現在使用されているひらがなは、一一世紀に広く使われるようになった。それ以前は、九世紀に万葉がなの草書体を簡略化して使用されていた。当時は、現在のひらがなよりも、かなりたくさんのひらがなが使用されている。現在は、「以」を崩して「い」、「呂」を崩して「ろ」、「波」を崩して「は」、「仁」を崩して「に」等となっている。

このように、中国から伝わった漢字から、日本人はカタカナやひらがなを作り出してきた。そして、平安時代に国風文化を開花させている。九〇五年、勅撰和歌集『古今和歌集』が編纂《へんさん》された。『竹取物語』『伊勢物語』や清少納言の随筆『枕草子』

紫式部の大作『源氏物語』等が創作されていった。

『竹取物語』の説明の時に、真理が言った。

「平安時代というと、約一〇〇〇年少し前の時代じゃない。その頃は、まだ地球が空気で覆われているって知られていなかったよね。月が地球の衛星で、月と地球の間が宇宙空間であるとも分かっていなかったので、真空状態とは全く考えられなかったよね。その当時も月の満ち欠けは、現在と同じなので、不思議だったでしょうね。竹取物語のかぐや姫が、光り輝く竹から生まれ、竹取の翁夫婦に育てられて成長していき、人生の難題を経験して、やがて旧暦八月一五日の満月に昇天していくという物語には、なにか当時の伝奇的であって冒険的な夢を感じさせられるよね」

それを受けて、

「紫式部の源氏物語もすごいよね。あれだけの長編を書き続けたんでしょう。ひらがなが使われるようになって、清少納言や紫式部のような女性たちが大活躍したのよね」

と、愛美が言ったので、

「歴史を勉強することも、古文を勉強することも大切だし、漢文も大切ね」

と、真理が加えた。

漢文は、中国語の文法なので日本語の文法とは違っている。漢文だけでは解釈が難しいので、送りがなを付けたり、レ点や一、二点や上中下等の返り点を付けて、日本人にも読めるようにしていった。

現在の日本語の表記は、漢字とカタカナとひらがながうまく融合して使われている。外国語はカタカナで表記される。

愛美が、

「一応、今は英語が世界の共通語なのでしょう」

と、言ったのを受けて、

「実はね、エスペラント語という人工の国際語があるの」

と、妖精が答えた。

ザメンホフが創案し、一八八七年に公表され、日本では一九〇六年、エスペラント協会ができて、普及されているが、あまり知られていなく、今では英語が世界共通語といっていいのだろう。英語はイギリスの言語だが、一六二〇年、イギリスから清教徒のピルグリム＝ファーザーズがメイフラワー号でアメリカに渡ったことから、英語が米語として世界中に広がっていき、世界で一番共通語的言語となっている。英語を勉強しておくことは、とても大切なことである。

真理も愛美も、小学生の頃も、中学生の頃も、高校生となった現在も、スポーツは体育の時や部活動でできるし、勉強も学校や家庭でできるのだから、日本での生活は、他の外国の国々よりも恵まれていると思っている。

科学技術の進んでいる日本で、勉強をすることは大切だが、真理も愛美も、二一世紀の社会の進む方向に対して、少し疑問を持つようになっている。

愛美が言った。

「地球温暖化が進んでいっているのは、人間の目指す方向が間違っていると思うの。医学が発展することは大切だと思うの。人間が病気をしたり怪我をしたりすることは避けられないことだから、良い治療法が開発されてほしいわよ。でも、今以上に人間が快適な生活を求めて、自然を壊していくと、生物に悪影響を及ぼすよね」

愛美の意見に、真理も全く同感だった。

「あのさ、今、空飛ぶ自動車が開発されていて、万国博覧会で展示されるといわれているけど、普通に車道を走っている車だって交通事故を起こすのだから、空飛ぶ自動車が事故を起こしたら大変だよ。安心して道を歩くことも危険になるんじゃない。それから、リニアモーターカーをJR東海が東京―名古屋間を走らせたいっていってるけど、日本の政府は、JR東海と共に工事を進めているんだよ。現在は、大井川の地下を掘削するのは反対だと静岡県が反対しているけど、既《すで》にこの工事中に死者も出ているんだよ。どうして地下を掘ってトンネルを通し、時速五〇〇キロのスピードで、リニアモーターカーを走らせなくっちゃいけないいんだろう。現在空を飛んでいるジェット飛行機で十分だと思うよ。人間が欲を求め、快適さを求め続けると、地球に対して、取り返しのつかないことになると思うよ」

リニアモーターカーは、磁気の＋－《プラスマイナス》の反発力を利用して、磁気の流れる線路上を浮上して走るので、摩擦が少なく高速度で走れる。ＪＲでは、長い年月をかけて走行実験を続けてきたので、地下のトンネル内を走らせることはできる。しかし、東京調布での道路の陥没事故も発生しているし、福岡県の博多でも道路陥没事故が発生している。

真理と愛美は、妖精と話すことによって、学校生活だけでなく、社会生活に関する出来事にも非常に関心を持つようになってきている。

真理は、原子力についても、自分の考えを述べた。

「人間はどうして、原子力発電や原子力爆弾を開発してしまったんでしょうね。原子を分裂させると、放射能をもつ汚染物質が出てしまうんでしょう。汚染物質を奇麗に消化消滅させる方法を開発することができないのに、爆弾や原子力発電所を造り続けているのよ」

愛美も、東日本大震災を思い出して述べた。「東日本大震災の時の地震とその後発生した津波によって、福島県にある原子力発電所が被害を受けたんでしょう。放射性汚染物質は残り続けているので、汚染水を水で薄めて、太平洋に流すことに、福島の漁師の人たちは反対しているのよね。発電所内の地下に残され続けている放射性汚染物質は、今後いったいどうするんでしょうね」

日本には原子爆弾はないが、世界の数ヵ国は原子爆弾を保有している。原子核が分裂する時に、強力な爆発でもって、放射能をまき散らす。現在の核兵器による核爆弾は、太平洋戦争の時の広島や長崎で使用された原子爆弾とは比べることのできない破壊力を持っている。どうして、人間は、原子核の分裂による開発を進めてしまったのだろうか。

二一世紀の世界では、ロシア軍によるウクライナへの戦争も行われている。ミャンマーの軍事政権は民主政権を抑え続けている。アフリカのスーダンでは、内戦が続いている。イスラエルのガザでは、パレスチナ自治区での紛争が頻発する。中国は、台湾は中国の領土であり、台湾問題は中国の国内問題であって、他国の干渉は許さないといっている。その他にも、世界中ではたくさんの困難な紛争が続いている。

真理と愛美は、社会での矛盾についても、問題意識を持つようになってきていた。

真理が言った。

「公営ギャンブルにお金をつぎ込んでしまい、その人の家族にまで迷惑をかけて、生活難に陥《おち》っている人も多いんだって。あみちゃん、ギャンブルってどんなものがあるんだっけ」

愛美も少し考えて、

「そうね、競輪、競馬、競艇等があるけど、パチンコやスロットも含まれるのかなあ。江戸時代には博打《ばくち》もあったらしいよ。でもね、パチンコだって、家族を生活難に陥《おとしい》れている人たちもいるらしいよ」

と言ったので、

「現在認められている公営ギャンブルだって生活困難者を生み出しているんだから、ギャンブルを減らす方向へと、政府は努力すべきだと思うの。それなのに、その逆で、大阪ではカジノが始まるし、長崎でもカジノ開催を希望しているらしいよ」

と、真理も憤慨して言った。

社会が混乱することを増やしていき、それが原因となる不正を規制していっても、より良い社会にはならない。

発展していくことだけを目標にするのではなく、人々が幸福になっていくことや世界が平和になっていくことに力を注ぐべきではないのか。

真理と愛美は、地球の温暖化を解決して、地球全体が戦争のない、平和な世界になってほしいと思っている。

そのために、二人はどうすれば良いのか、今後も妖精と一緒に考えたり、取り組んでいければいいのだがと願っている。

世の中は発展し続けているので、いくら真理と愛美が、人々が幸せになっていくという人間の内面に向かってほしいと願っても、現実にはその方向へとは進まず、多くの人々が利益を優先しているようで、二人がただ望んでいるだけでは、どうにもならないという無力を感じていた。

妖精が、真理と愛美の無力感を見てとったのか、次のように言った。

「でもね、女性の力だけではないんだけどもね、日本の女性の力が集まって、社会に大きな変化をもたらした実例もあるじゃない。当然暴力は使ってないのに、大きな変革をもたらしたのよ。一体何だと思う」

と妖精が聞いたが、真理と愛美は、すぐには妖精が何について言おうとしているのかは分からなかった。

「実はね、日本の中での嫌煙権のことよ」

と、妖精は言った。

男性でも女性でも、昭和の時代には、たくさんの愛煙家がいた。当時の映画のポスターには、若い男性人気俳優が、海辺の波止場で、船のロープを巻いて止める支柱に片足を乗せ、片手にタバコを持ってポーズをとっている姿が描かれていた。見方によっては、タバコを吸う姿が格好良いという印象さえ与えていた。若い人たちには、成人になったらタバコを吸いたいと思う人も多かったようである。

しかし、タバコの煙にはニコチンという化合物が含まれていて、体の神経系統を麻痺《まひ》させる有毒物質であると、医学的にも強く主張されるようになった。そのニコチンの害は、タバコを吸う本人だけでなく、その近くで生活している人々にも害を及ぼすと分かるようになった。それは、タバコを吸った人が吐き出す煙にもニコチンが含まれるが、それ以上に、火の点いたタバコから出ている煙そのものが、近くで呼吸する人に最も害を及ぼすと言われるようになったからだった。

そこで嫌煙権運動に立ち上がったのが、日本のお母さんたちだった。勿論《もちろん》、婦人だけでなく、男性も、老若男女の多くの人々が、嫌煙権に賛成した。肩身の狭い思いをしたのは、愛煙家の人たちだった。喫煙は法律で、成人には認められている。

しかし、それでもタバコの煙が体に悪いのなら、仕方が無いと、愛煙家の人たちも、嫌煙権運動の主張を受け入れるようになったのだった。

「そうだねえ」

と、真理も愛美も、妖精の言いたいことが分かった。

一人一人の力は小さくても、強い思いを持って継続していけば、実現できることもあるのだと、二人は思った。

強さとは、決して体力だけではない。心が強いことも、強さだ。

そして、生きていると、必ず失敗はある。失敗を重ねていき、成功することもある。若い時は、失敗を恐れてはいけない。

九、

愛美が独り言のように言った。

「一日って、正確に二四時間ではないんでしょう」

「そうよ。ほんの微小だけど違っているのよね。一年の日数だって三六五日ではないし、太陽暦でも、太陰暦だって、宇宙の天体だって、全てが少しずつ変化していっているのよ。それが自然の摂理なのよ」

と妖精が答えた。

閏《うるう》秒として、一日二四時間のずれは訂正していく。しかし、一日は限りなく二四時間といっていい。閏秒は協定世界時において、世界時と差が大きくならないように加えている。閏日は、二月二九日のことで、太陽暦では四年に一回二月二九日があり、その年を閏年といっている。太陰暦では、平年を三五四日と定めているので、一年が一三ヵ月となる年がある。太陰暦で一三ヵ月となるその重なった月が閏月となる。

何故《なぜ》このようなずれが発生してしまうのか。地球が太陽を一周するのは、正確に三六五日ではないらしい。地球が太陽を一周するには実は三六五日と五時間四八分四六秒かかるらしいのだ。だから、四年に一回は二月二九日を加えて閏年としないと、ずれが生じてくることになる。

月は約二七・三日で一回自転しながら、地球の衛星なので、地球から約三八万キロメートルの宇宙空間を西から東へ向かって、約二七・三日かかって公転している。しかし、地球が太陽を公転しているものだから、地球から月を見た姿は、約二九日位かからないと同じ形には見えない。陰暦の満月が十五夜だったら、約二七・三日では、月の見え方が違ってしまう。

地球も月も太陽も動いているので、人間が地球上で生活していくには、一日や一年の時間や日数を変化させていっているということになる。

地球から見える星空だって、永い年月には変化していっているらしい。しかし、人間の人生と比較してみると、夜空の八八の星座は、一〇〇〇年前の平安時代の人も、二〇〇〇年前の縄文時代から弥生時代へと向かう頃の人も、略《ほぼ》同じ星座を見ていたようである。

半径が約五万光年といわれる銀河系。その銀河系には約二〇〇〇億個もの恒星があるということなので、人の生涯とは比較対照できるものではない。

真理が言った。

「私が小さかった頃、初めて知った星座は、オリオン座だったよ」

地球上から見られる天球のオリオン座は、地球からそれぞれの星までの距離が、全て異なっている。他の星座も全て、地球からの距離は違う。左上の少し赤いベテルギウスは五〇〇光年、右上の星が二五〇光年、左下の星が六五〇光年、右下のリゲルが八六〇光年、中央のベルトの三星の真ん中の星が、なんと二〇〇〇光年も地球から離れている。

北に目をやると、北極星があるが、地球から四三〇光年離れた位置にある。

愛美が言った。

「夜、空が晴れていると、星が奇麗だよね。北半球からは、北極星を中心にして、東から西へと星々は動いていくよね。でも、昼はどうして星が見えないんだろう」

それを受けて、当然のように、真理が言った。

「それは、昼間は太陽の光が強いから、青空を反射していて、遠くの星々の光は人間の目には見えないだけだよ」

「まりちゃんが言う通りよ。星々はあっても太陽の光が強いから、ただ見えないだけ」

と、妖精も言った。

そして、妖精は二人に、昼間の星を見てもらいたいと思った。妖精は少し対策を考えてみた。二人にはよく説明しないといけないないと思った。妖精が言った。

「まりちゃん、あみちゃん、真北の方向へ、体を向けてみて」

二人は、緑の大地の方向へ体を向けた。

「北極星は、あの方向だからね」

と、妖精が指さした。

その方向へ、二人は顔を向けたが、ただ青空が広がっているだけだった。

「物事には、表と裏があるでしょう。昼が表だったら、夜は裏なんでしょうね。夜には、太陽の光は当たらないけど、遠くの星々からたくさんの光が届いてくるのよね。銀河の星々には、私たちの太陽より大きな恒星が、信じられない位たくさんあるのよ。北極星は四三〇光年離れた恒星で、地球から見ると二等星だから、北極星を見落とさないように、しっかりと見ていてね。前回と同じように、宇宙空間まで上昇したら、一緒に手を七回振るから、目を瞑《つぶ》っていて。その後、やはり七回振るから、目を開けて北極星をしっかりと見てね。北極星以外の星々を見てもいいけど、地上から見る星空とは全く違うからね。その後、また目を閉じて七回手を振るから、目を開けてね」

妖精の真剣な説明に、失敗できないんだと感じた真理と愛美は、打ち合わせどおりにやろうと肝に銘じた。

前回は、雑木林の方向を向いていたが、今回は逆で、緑の大地の方へ向いて立ち上がった。

前回と逆で、妖精の左側に真理が行って、右手で妖精の左手を軽く握った。そして、愛美が妖精の右側に行って、左手で妖精の右手を軽く握った。すると、真理と愛美の身体がフワッと緑の大地から浮いた。今回も、二人は少しも怖くはなかった。フワッとゆったりとした状態で、青空へと向かってゆっくりと上昇していった。上昇しながら、それまでいた緑の大地に目をやると、前回と違って、緑の大地が続き、地平線まで延びていた。上へ上へと昇っていくのだが、寒くもなく、息も大地にいた時と同じように自然で、まったく苦しくはなかった。

緑の大地の向こうは、海が広がっていた。雲も通過していき、霧に包まれるが、身体が濡れることもなかった。そのように、前回と同じように上昇していった。そして、やはり前回と同じように、碧く美しい地球を見ることができた。地球は本当に美しい。

前回と違うのは、それからだった。妖精が二人に手から合図を送った。妖精が両手を前にやると、真理は妖精と握っている右手を前に、愛美は妖精と握っている左手を前に振り始めた。二人は目を瞑った。そして、七回妖精と一緒に、前後に手を振った。

そして二人は目を開けたが、そこは暗黒の宇宙だった。妖精と一緒に手を振りながら、真理も愛美も、しっかりと北極星を見た。地上からの夜空では、北極星を中心にして、カシオペア座と大熊座の北斗七星が、左右対称の位置に見える。二人はカシオペア座や北斗七星も見たいと思ったが、星々が多過ぎて、よく分からなかった。七回手を振る間に、二人は、もう一度しっかりと北極星を見た。そして、二人は、また目を閉じて、妖精と一緒に手を前後に七回振って、ゆっくりと目を開けた。眼下には碧くて美しい地球が広がっていた。「やはり地球は美しい」と二人は思った。

緑の大地から浮上する前に、妖精が、太陽の光が当たる表と、夜の裏との表現があったが、「暗黒の宇宙空間に輝く無数の銀河の星々は、また違った意味で、本当に美しい」と二人は思った。表と裏というと、一般的には表が良く、裏には悪い意味合いが強い。例えば、裏金とか裏口入学という言葉には、悪い印象がある。しかし、暗黒の宇宙空間の恒星の輝きは、決して悪い印象はない。「表裏一体」という熟語があるが、違う両面が合わさって、一つになっているのだろう。

人との対応の仕方でも、表向きの発言表現が「建て前」だったら、口に出さない「本心」が裏だったりもする。その場合、本心を言って対立するよりも、相手の言い分に合わせて対立を避けるのも、平和的生き方の一つかもしれない。

真理と愛美は、太陽の光に輝く碧い地球も美しいと思ったし、暗黒の宇宙空間に輝く無数の星々も美しいと思った。

妖精は二人と軽く手を握ったまま、また元の緑の大地へ向かって下降し始めた。この時も二人の体調は、浮上する前と全く同じだった。青い空も白い雲も青い海も、近づいてくる緑の大地も、全てが美しかった。下降する時も、真理と愛美は、前回と同じことを考えていた。

「心から世界中の人々が信頼し合って、平和を求めて仲良くし、美しい地球を守っていかなくてはいけない。そのためには、たとえそれぞれの主義主張が違っていても、地球から誕生してきた同じ人間なのだから、信頼し合わなければいけない。そこにこそ平和が生まれるのだと。私たちの信頼が広がって、多くの人々にも信頼が伝わっていくといいなあ」

そして、信頼して手を握っていた、真理と愛美と妖精は、再び緑の大地に到着した。

真理が、今回も感動している愛美に、確認するように言った。

「あみちゃん、私たちがこの緑の大地に来たのが三回目だよね。しかも、妖精ちゃんとここで会えたのも三回目だよね。そして、妖精ちゃんと、不思議で感動的な経験することができたのも三回目だよね」

真理の発言に、全く同感の愛美が答えた。

「本当だね。この緑の大地で妖精ちゃんと出会えて、不思議なことばかりだけど、本当によかった。でも、前回と違って、今回は、この緑の大地が、上昇する時も下降してきた時も、そのまま緑の大地だったね」

真理も、それも不思議だったので、妖精に聞いた。意を得たりという気持ちで、妖精は答えた。

「前回は、この緑の大地が、雑木林を下っていく草地の坂で隣町へと向かっていたと思うの。クラスメートの人たちが言っていたのは、それはそれで、現実の地面なのよ。でもね、表と裏の話もしたように、裏が全て悪いとは限らないのよ。聖人君子が、全て善で間違わないわけではないの。間違うこともあるのよ。逆に、犯罪者が全て悪で、どうにもならないというわけでもないのよ。環境が良くなれば、立ち直れるのよ。私はまりちゃんとあみちゃんと会えて、心から信頼できる人たちだと思っているの。でも、日本の高校生たちの中に、自信をなくして、人を信頼できなくて、日々の生活が辛《つら》くて苦しんでいる人も多いと思うの。でもね、希望を持って生き続けていると、必ず、その人なりの生き方が見えてくると思うのよ。世界では、各国で戦争が続いているし、事件や事故が多発している。でも、諦《あきら》めてはだめなのよ。一人でも多くの人が、平和や安全や健康を願って、小さな努力を続けていくことが大切なのよ」

真理も愛美も、学校生活が辛い時もあるが、クラスメートの中にも、自信をなくしたり、苦しんでいる人がいると思い当たった。

真理と愛美は、妖精が自分たちに伝えたいことが本当に大切なことだと感じられた。そして、妖精ともっとこの緑の大地で出会って、もっともっと信頼を深め、友情を強めていきたいと思った。

「妖精ちゃん、次もその次も、私たちと会って妖精ちゃんの気持ちを伝えてね」

と、真理と愛美が言うと、

「当然よ。私も一緒に話せて本当に嬉しいよ」

と、妖精は心から喜んで答えた。

今回も太陽は西の空へと向かっているが、まだ青空には、白い小さな雲が流れている。そして、緑の大地にも、心地良いそよ風が吹いている。

地球には、まだ青い空や青い海は残っている。しかし人間が最も多く開拓したのが、緑の大地なのかもしれない。

「だから、妖精ちゃんは自分たちとの出会いを緑の大地にしたのではないだろうか」

と、真理と愛美は思った。

真理と愛美は、小学生の頃から同じ学校で勉強したり遊んだりしてきた。上学年となって仲良しとなり、中学生の頃は、気心が通じあう親友となった。高校も同じ学校で勉強することになったので、お互いに何を考えているのか、何に悩んでいるのかも、少し言葉を交せば理解できるようになっていた。しかし、それでも思春期を迎えると、将来のことや勉強の難しさに悩むようになった。

人生の悩みや苦しみが痛感されるようになった頃、緑の大地で妖精と出会った。まだ妖精との気持ちの伝え合いは、わずか三回だが、二人の心の奥へと浸透していった。妖精と二人は強い信頼のもとで、これからもこの緑の大地で会う約束をした。真理と愛美は、妖精のアドバイスを自分たちの生活していく糧として、困難を乗り越えていきたいと、強く心に誓っていた。これからも、信頼し合って仲良く友好を続けていけそうである。

参考文献：『お仕事図鑑』
編著・発行　朝日新聞出版
発行者　　　片桐圭子
『勉強法のベストセラー一〇〇冊』
著者　藤吉豊・小川真理子
発行　株式会社日経ＢＰ

あとがき

『景子の碧《あお》い空』と『景子の青い海』は、本として出版できましたが、『景子の緑の大地』は、事情があって本にしませんでした。でも、後半の部分は、出版したいと思って、『真理《まり》と愛美《あみ》』という本にしてみました。登場人物を高校の同級生にしてみると、意外にも無理なく話が流れていき、妖精も登場してきました。せっかく真理と愛美が妖精と仲良くなったので、次は『妖精ちゃん』として、続きを書いてみました。その後『妖精ちゃん』を読んでくださった方々から、若い人たちにも読んでほしいという声があったり、真理や愛美のような若者が増えてほしい等の声があったので、今回の『信頼』を書いてみました。

なぜ勉強しなくてはいけないのかとか、何のために人は生きているのか等の疑問にも、妖精や真理や愛美の立場から、少し書いてみました。一般的に、物語の最後は別れの場面が多いのですが、せっかく真理と愛美が妖精と仲良くなったので、この友情を終わらせたくないなと思っています。

今回の出版に際しても、ご尽力してくださった鉱脈社の方々に感謝しています。

そして、読んでくださる読者の方々にも感謝しています。

本当に有り難うございました。